DANS LE PASSÉ

Une Victime
de la Terreur

A CHERBOURG

PAR

A. DROUET

CHERBOURG
Imprimerie de « La Dépêche de Cherbourg »
11, rue Gambetta
1912

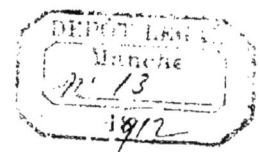

2

DANS LE PASSÉ

Une Victime de la Terreur

A CHERBOURG

PAR

A. DROUET

CHERBOURG
Imprimerie de « La Dépêche de Cherbourg »
41, rue Gambetta

1912

DANS LE PASSÉ

Une Victime de la Terreur

A CHERBOURG

Le 4 Germinal an II (22 octobre 1793) on lisait dans le *Journal du Matin des Amis de la Liberté* (1), les lignes suivantes :

« Tribunal révolutionnaire. — Séance du 3 Ger-
» minal. — A été condamné à mort Jean-Nicolas Moulin,
» ci-devant Leroy, âgé de 57 ans, né à Urville, direc-
» teur des postes *à Cherbourg* y demeurant, convaincu
» d'être auteur d'un abus contre-révolutionnaire qui a
» existé dans la ville de Cherbourg, en vendant à son
» profit les bulletins de la Convention, rapports, lois, et
» autres actes propres à éclairer le peuple français sur
» ses véritables intérêts et d'avoir en outre conspiré
» contre l'unité, l'indivisibilité de la République, la
» sûreté de la Nation française. L'exécution a eu lieu
» dans les 24 heures ».

---

(1) Ce journal servait à Paris, de correspondant à la Société Populaire de Cherbourg ; il n'est pas rare d'y lire les communications adressées par celle-ci.

Leroy est la seule victime que la Terreur ait faite à Cherbourg. Si elle n'en fît pas d'autres dans les rangs de notre population, l'histoire n'en sait aucun gré à celui qu'on a si justement surnommé le bourreau de la Manche, à Le Carpentier : on sait que le 9 Thermidor surprit sur la route de Paris, une fournée de neuf prévenus qui, sur son ordre, était en marche vers le Tribunal révolutionnaire (1).

Malgré le retentissement qu'il eut alors, le procès criminel de Leroy n'occupe qu'une place insignifiante dans nos annales Cherbourgeoises. Il faut, pour trouver à son sujet quelques lignes qui se suivent, se reporter à l'ouvrage de M. Sarot « Les habitants de la Manche devant le Tribunal révolutionnaire ».

La pensée nous est venue d'en écrire l'histoire, en parcourant les registres du Comité révolutionnaire, récemment découverts à Saint-Lô par M. Ch. Jean. Les vieux Cherbourgeois ne liront pas, sans intérêt, nous l'espérons du moins, ces quelques pages, où revit un passé dont ils ont vu, comme nous, disparaître les derniers témoins.

I

Le 19 Septembre 1793, Le Carpentier, délégué avec son collègue Garnier de Saintes pour enrayer dans la Manche le mouvement contre-révolutionnaire, arrivait à Cherbourg et descendait rue de la Marine, dans la maison — mise à réquisition — de M. Maurice, entrepreneur des travaux de la rade (2).

(1) Si nous en croyons une adresse des notables Cherbourgeois (dont nous parlerons plus loin) « on força plusieurs de ces malheureux à monter en charrette, au lieu d'aller, comme ils le demandaient dans des voitures et en poste. Ceux qui avaient pu obtenir cette faveur auraient infailliblement péri si on n'eut attendu, pour les égorger, l'arrivée heureusement trop lente de leurs compagnons de voyage et d'infortune.

(2) Reg. de la Soc. Pop , séance du 21 Septembre 1793.

Le 4 Octobre, après avoir procédé à la « régénération » de la Société Populaire, les deux Conventionnels dissolvaient « comme n'ayant jamais joui de la confiance publique » le Comité de surveillance, institué au mois d'Avril précédent par leurs collègues Rochegude, Prieur de la Marne et de Fermont des Chapelières, et le remplaçaient par un Comité nouveau, organisé sur des bases nouvelles.

Un épicier, un horloger, un écrivain de bureau, un tailleur d'habits, un entrepreneur, un capitaine de canonniers et un cloutier, tels sont avec un chef éclusier, un capitaine des douanes, le directeur de l'hôpital militaire, un ingénieur et un commis de marine (qui feront place plus tard (1) à un capitaine de navires, un officier de la Garde Nationale, un imprimeur, un menuisier et un marchand de lard) les douze personnages auxquels fut dévolue la tâche « de surveiller les autorités constituées, les fonctionnaires civils et militaires, les citoyens de tous grades, de dénoncer les hommes suspects et dangereux, soit aux autorités, soit au Comité de sûreté générale de la Convention et de décerner contre eux des mandats d'arrêt » (2).

Indépendamment de l'indemnité de trois livres par jour allouée à chacun d'eux par la loi, l'article 10 de l'arrêté d'organisation mettait à leur disposition pour leurs frais divers d'établissement et d'impression, un crédit de 1500 livres, « qui devait être réparti au marc la livre entre les administrés du district, payant plus de 80 livres de contribution foncière ».

Il faut rendre cette justice au Comité révolutionnaire : c'est que ses membres surent justifier la confiance que leur avait témoignée le représentant du peuple. Ils nous ont laissé, avec les procès-verbaux de leurs séances, les registres où sont recopiées les lettres qu'ils écri-

---

(1) Ce remplacement eut lieu en exécution de la loi du 14 Frimaire an II, interdisant aux fonctionnaires de faire partie des Commissions de surveillance, (séance de la Commission du 23 Frimaire.

(2) Art. 3 de l'arrêt du 4 Octobre 1793.

vaient à leurs nombreux correspondants ou qu'ils rece-
vaient d'eux ; grâce à ces documents, nous pouvons les
étudier à l'aise, dans le local où ils siègent, place de la
Révolution, régulièrement de 5 à 8 h. du soir et à la porte
duquel l'enseigne suivante attire l'attention des passants:
« Commission de surveillance. Protection aux bons bougres ».

Pendant qu'à la Société Populaire on bavarde, on se
querelle et on pérore, qu'on chante à genoux le dernier
couplet de la *Marseillaise*, au Comité révolutionnaire on
travaille avec une activité qui ne connaît ni trêve ni
défaillance. On s'occupe de tout, de la défense du litto-
ral, de l'habillement des troupes, de l'organisation des
forces navales, en même temps que de la cave qui fait
précipice à l'angle de l'église et à côté de laquelle il faut
mettre un fanal, — de la gouttière du citoyen Dorange (1)
qui, en faisant excroissance sur la voie publique, inonde
les sans-culottes et atteste encore l'inégalité des droits
et la puissance des riches — de la chandelle, dont les
maîtres de billards font la nuit une consommation exa-
gérée.

Mais leur vigilance s'exerce de préférence sur les
faux patriotes « dont il faut briser les masques » et les
traîtres qu'ils ont pour mission d'atteindre « jusque
dans leurs plus ténébreuses retraites ». Car « le temps
des ménagements est passé, le salut public commande de
livrer à la loi les conspirateurs, les lâches et les modérés, autrement le poignard des traîtres changera en un
sommeil de mort cette sécurité funeste, à laquelle il n'est
plus permis qu'on s'abandonne » (2).

C'est pourquoi ils sont en relations continuelles avec
les Comités de la région, ils se livrent à des perquisitions domiciliaires, ils procèdent à des enquêtes et à
des interrogatoires, ils décachettent les lettres, ils pro-
voquent les dénonciations et ils dénoncent eux-mêmes.

Et que ne dénoncent-ils pas ! Les citoyens qui ont
quitté Cherbourg et ceux qui, par peur, s'en sont évadés;

(1) Ancien bailli de l'Abbaye, Conseiller du Roy et président
au siège des traites foraines.
(2) Proclamation du Cons. Gén. du 30 Mars 1793.

les marchands qui ont trop de marchandises en boutique ;
les prêtres insermentés qui s'obstinent à dire la messe ;
les femmes du peuple qui ont le verbe trop haut ou la
langue trop longue ; les fonctionnaires qui se frottent
les mains dans les bas côtés du Temple de la Raison
pendant que dans la grande nef les patriotes se querel-
lent entre eux ; les muscadins qui s'embusquent dans
les bureaux de la marine, les bourgeois enfin « qui
ont des vapeurs à la lecture de la gazette révolutionnaire », il n'est personne qui puisse se flatter d'échap-
per à leur farouche vigilance : car au rebours des dieux
de l'*in exitu*, ils ont l'œil perçant et l'oreille fine.

Comme ils ont le droit de lancer des mandats d'arrêt,
il va de soi qu'ils ne s'en font pas faute et lorsqu'ils ont
la bonne fortune de « mettre la patte » sur un particulier
qui en vaut la peine, ils sont heureux au point qu'ils en
deviennent drôles et amusants : « Citoyens, frères et
amis, écrivent-ils à leurs collègues de Bricquebec (qui
avaient signalé à leur sollicitude un certain chirurgien
du nom de Vathier disparu de leur localité) nous avons
mis enfin la patte sur Vathier. Maintenant *il siffle la
Linotte* dans notre maison d'arrêt et ce depuis environ
une heure et demie, hier l'après-midi. Cette heure n'est
pas commode, peut-être cela a-t-il dérangé le moment
de humer la fine tasse. En vérité c'est bien fâcheux. Il
faut convenir que ces Comités de surveillance sont bien
méchants de poursuivre à outrance les coquins, les
aristocrates et les modérés ».

Et quand leurs victimes sifflent ainsi la linotte, derrière les murailles de la maison d'arrêt, elles n'ont pas
fini de siffler. Le bruit étant parvenu un jour à leurs
oreilles que Le Carpentier projetait de faire élargir le
curé d'Hardinvast, « homme pervers et incivique,
convaincu d'avoir prêché, il y a environ trois mois, que
l'égalité était une chimère et que personne n'était égal
à lui — l'apothicaire Solignac, connu pour l'aristocrate
et l'accapareur le plus décidé — le citoyen Laroque, dont
la famille sue l'aristocratie et le fanatisme — le cy-devant
seigneur de Saint-Pierre-Eglise, dont le fils est émigré »

ils s'insurgent superbement contre cette velléité du représentant du peuple et ils ne se gênent nullement pour lui faire entendre que l'incorruptibilité est une vertu d'essence républicaine.

On dirait qu'ils ont hâte d'ajouter leur page au livre que Giguet, leur secrétaire, a fait venir de Paris de chez le citoyen Tissier, au prix de 9 livres « Compte rendu à la République des Sans-Culottes par Très Haute, Très Puissante et Très Expéditive Dame Guillotine ».

Le jour de leur nomination, Victor Lefourdrey, le gros Fourdrey comme on l'appelait communément, dont la voix faisait trembler les vitres de la salle, à la Société Populaire, quand il était à la tribune, disait en parlant d'eux : « Nous avons douze bonnes barres de fer, c'est ce qu'il nous faut. » L'histoire du malheureux Leroy est là pour démontrer que Lefourdrey les connaissait bien (1).

---

(1) Victor Lefourdrey ancien chirurgien et son frère aîné Augustin, ancien avocat au Parlement de Normandie, appartenaient à une vieille famille de Cherbourg, dont le nom apparaît dans notre histoire dès 1250 et n'est plus aujourd'hui porté que par la rue qui forme l'un des côtés de la Place Centrale. Après avoir été juge au Tribunal de district, Augustin obtint de Le Carpentier, dont il avait épousé la sœur, la situation de chef des bureaux de la Marine à Cherbourg, ce qui faisait dire de lui à cette époque qu'il devait au représentant du peuple « femme et place ». Victor, le cadet, remplit successivement les fonctions de juge au Tribunal du district, de directeur à la poste en remplacement de Leroy, et de juge de paix. Il est mort en 1843 laissant pour lui succéder à la justice de paix, M. Dumont-Moulin, c'est-à-dire le beau-frère de l'infortuné directeur, auquel il avait lui-même succédé à la Poste en 1794. La rudesse des formes qui contrastait chez lui avec un caractère assez serviable l'avait fait appeler sur la fin de sa vie, le bourru bienfaisant. Le peintre Mouchel nous a laissé de lui un portrait des plus ressemblants sur la toile dont la Ville est propriétaire, qui reproduit la vente du poisson. Il y est représenté au 1er plan, marchandant avec une de ces dames de la halle. Lefourdrey nous offre un exemple de plus, à ajouter à tous les autres, de la conspiration du silence qui s'organisa presque au lendemain de la Révolution autour des personnages qui en avaient été les promoteurs. Quand il mourut, presque personne à Cherbourg ne soupçonnait le rôle qu'il y avait joué et sur lequel d'ailleurs il était muet, comme la tombe.

II

Tout ce qu'on sait du passé de Jean-Nicolas Leroy, avant le procès qui a fait sa célébrité, c'est qu'il était né à Urville-Hague en 1734 et que sur le tard, vers l'âge de 55 ans, il s'était marié à une demoiselle Marie-Anne Moulin (1) originaire de Valognes, de 34 ans plus jeune que lui.

Qu'il ait adopté avec enthousiasme les idées nouvelles, ce n'est pas douteux et il faut reconnaître qu'il n'avait pas de raison personnelle d'en vouloir à un régime, qui n'avait pour lui que des faveurs, en l'appelant coup sur coup, en moins de six mois, au commandement en chef de la garde nationale et à la situation relativement lucrative et enviée de directeur de la poste (2).

(1) Cette demoiselle Moulin appartenait à une famille qui fut, au cours du dernier siècle, très honorablement représentée à Cherbourg et dans la région. L'un de ses frères (Irénée-Auguste Moulin) est mort maire et conseiller général de Bricquebec, en 1845, après avoir suivi son compatriote, le général Le Marois, en Italie en qualité d'inspecteur général. Il a laissé une réputation rare d'indépendance et de droiture dans son canton et sa femme, qui avait vécu à Naples dans l'intimité de la reine Caroline et chargée par celle-ci de la distribution de ses aumônes, joignait à une haute distinction une charité telle qu'à 92 ans, elle travaillait de jour et même souvent la nuit pour les pauvres vieilles aveugles qu'elle s'était fait une spécialité de loger chez elle.
M. Irénée-Auguste Moulin, auquel appartenait la Préfecture Maritime actuelle avant de passer à l'État, avait une sœur qui épousa M. Dumont, juge de paix de Cherbourg (connu depuis lors sous le nom de Dumont-Moulin). Cette sœur du malheureux directeur de la poste de 93, était la mère de M. Dumont-Moulin, que beaucoup de vieux Cherbourgeois se rappellent encore très bien avoir vu à la tête du Tribunal de Commerce de Cherbourg, qu'il présida longtemps avec autant de dignité que de savoir et d'impartialité.

(2) Il exerça son commandement du 1er mai 1792 au 1er mai 1793. Commandant, officiers, sergents, caporaux et fusiliers déclarent et signent le 30 frimaire an II qu'il a toujours rempli son service avec zèle et exactitude. Toutes les places se donnant à l'élection, il fut élu directeur de la poste par l'Assemblée électorale du district de Cherbourg, le 14 octobre 1792, par 44 suffrages sur 67 votants. Ce poste comportait outre le directeur, un contrôleur, un facteur et deux commis. (Voir reg. du Cons. gén., 1er pluv. an IV.)

Comme s'il pressentait qu'un jour il sera classé au rang des aristocrates et des conspirateurs et condamné comme tel, il est partout où l'on fait montre de patriotisme et il en donne tous les gages.

Lorsqu'en septembre 1793, Le Carpentier signifie à la Société Populaire qu'il ne mettra les pieds dans la salle de ses séances que quand elle aura éliminé les éléments impurs qui l'empoisonnent, il est des premiers à se soumettre à l'épreuve épuratoire, qui lui donnera le droit de porter désormais le titre de « sans-culotte de Cherbourg » (1).

Il est de toutes les souscriptions qui sont ouvertes pour les volontaires, versant tantôt 12 livres, tantôt 20 livres. Il va même jusqu'à faire cadeau d'un sabre et d'un baudrier qu'il estime à 40 livres (2).

A la vente des biens nationaux, dans le canton de Beaumont, il est aux côtés du procureur syndic pour enchérir et acheter lui aussi, son petit lot, en bon patriote qu'il est, soucieux d'afficher sa soumission aux lois de son pays (3).

Comment oublier la comédie qu'il a jouée, quelques jours avant son arrestation, en allant devant le Conseil général assemblé à la maison commune, abjurer solennellement le nom *infâme* qu'il a porté jusqu'alors, pour adopter celui de sa femme !

(1) Voici le certificat qui lui fut délivré par la Société et qui figure au dossier criminel : « La Société *régénérée* des Sans-culottes de Cherbourg, sur la demande de la citoyenne femme Moulin ci-devant Leroy, directeur de la poste, certifie que lors de l'épuration de cette Société qui a eu lieu au mois de septembre (style d'esclave), le citoyen Moulin a été maintenu sur la liste de ses membres. — Cherbourg, le 12 nivôse de l'an II de la République une et indivisible. Signé : A. Cappe, président ; Goubert, secrétaire ; Collignon, vice-président. »

(2) Archiv. nat. W. 339. Dossier 616.

(3) Extrait du registre plumitif du directoire du district de Cherbourg : « District de Cherbourg, canton de Beaumont, municipalité d'Omonville-la-Rogue, n° 272. Mis en vente une pièce de terre labourable nommée la petite Jontière (?) contenant 12 perches, dont jouit André Héron, jouxte et borne du levant... ladite pièce mise à prix par le citoyen Jacques Millet à la somme de 100 livres. Après plusieurs adjudications, avons définitivement adjugé les dits objets au citoyen Jean-Nicolas Leroy, de la commune de Cherbourg, au prix de 510 livres, ce qu'il a signé après lecture. Enregistré à Cherbourg le 2 août 1793. »

N'insistons pas sur ces faiblesses, que l'on rencontre
pour ainsi dire à chaque page de l'histoire révolutionnaire et rendons hommage à l'intégrité avec laquelle
Leroy sut remplir ses fonctions à la poste. On a accusé
et non sans raison, Lefourdrey, qui lui succéda, d'avoir
impudemment violé le secret des lettres. Jamais grief
pareil n'a été articulé contre Leroy par ses adversaires
les plus acharnés qui, cependant, n'étaient pas gens à
reculer devant une calomnie. Il y a mieux : il y a sur
le registre de correspondance de la commission de
surveillance deux lettres qui pour l'honneur de Leroy
doivent être reproduites :

« 12 trimaire, an II.

» Au sieur DELAUNEY,

facteur de la poste aux lettres de Cherbourg.

» Nous t'invitons sous ta responsabilité d'arrêter
toutes les lettres ou paquets adressés aux citoyens Maurice, Deriencourt ou Jolivet, Vanier ou toute autre
personne de chez Maurice. Tu nous les remettras
cachetés et après examen, nous te les renverrons pour
les faire parvenir à leur destinataire. Il n'est pas besoin
de te recommander le plus grand secret. Ton intérêt
l'exige. Ton républicanisme t'en fait une loi. *Tu ne feras
pas part de cette mesure à ton Directeur.*

» Le Comité de Surveillance. »

« 9 floréal, an III.

» Au Directeur de la Poste,

» A compter de ce jour, il est inutile que tu nous
remettes la correspondance de Deslandes, Amiot, Couey-
Dulongprey et Gelin. Nous avions recommandé à ton

prédécesseur de nous remettre les lettres de ces divers personnages. Mais *au lieu de nous servir, en bon et brave républicain, il a, nous en avons la certitude, dévoilé nos mesures et empêché l'effet salutaire* qui pouvait en résulter. Nous t'invitons à retenir la correspondance de Jubé, d'un officier de hussards nommé ..... qui est agent d'Amiot, de la veuve de Bertrand Davignon et de ceux que tu jugeras dangereux à la chose publique. »

Le directeur auquel il est fait allusion dans la première de ces lettres n'était autre que Leroy et il y avait cinq semaines qu'il était guillotiné, quand le Comité écrivait la deuxième à celui qui avait pris sa place.

D'ailleurs l'adresse, dont nous avons déjà dit quelques mots, qui fut envoyée à la Convention le 20 ventôse an III par les notables de Cherbourg, déclare que Leroy fut dénoncé et poursuivi en réalité par ce qu'on voulait « faire tomber la tête d'un fonctionnaire dont la place était convoitée et qui *ne se serait pas prêté à la violation du secret des lettres.* » (1)

Leroy habitait rue Christine et avait pour voisin (en ce sens que leurs jardins étaient contigus) un imprimeur de la rue des Corderies, Marc-Antoine Giguet. Ce point nous est révélé par la bonne de Leroy, qui raconte que « Leroy étant un jour dans son jardin avec quelques particuliers et Giguet étant dans le sien *qui est voisin* », celui-ci surprit une ou deux phrases du directeur de la poste — qui ne furent pas perdues (2).

(1) Lefourdrey, auquel est écrite la lettre du 9 floréal ci-dessus, paraît s'être fort docilement soumis à la consigne qui lui était donnée. Nous lisons en effet dans la même adresse (page 17) que lorsqu'il fût cassé à son tour « il était temps que l'un des plus fougueux terroristes, Lefourdrey, ne violât plus le secret des lettres, avec cette impudence affectée qui ne voulait même pas nous permettre de méconnaître l'inexistence des fers dont nous étions honteusement chargés. » La fin de la phrase est au premier abord assez obscure ; mais elle se laisse cependant saisir après réflexion.

(2) Bien qu'il soit difficile de préciser, en raison de l'absence de numérotage, nous serions porté à croire que la maison de Leroy et l'imprimerie Giguet étaient où sont aujourd'hui les nos 26 de la

Ce fait, qui ne semble qu'un détail insignifiant, a son importance, étant donné le rôle prépondérant que Giguet a joué dans le procès de ce malheureux Leroy, qu'il a machiné de toutes pièces.

Marié à une femme que, dans les écrits du temps, on n'hésite pas à qualifier de « mégère » et même « de prostituée », membre du Conseil général de la commune, secrétaire du Comité de surveillance, l'imprimeur Giguet — auquel ressemble comme un frère un charron du même nom, de la même rue et du même acabit — nous apparaît sous les traits d'un de ces êtres à peine dégrossis, dont les époques de trouble ont le privilège de faire surgir tout à coup les physionomies sinistres — et dont la race n'est pas éteinte.

En le traitant de son vivant d'« imbécile et de féroce bourreau », ses contemporains n'ont été que justes pour cet homme vindicatif et sanguinaire, qui semble faire le mal avec volupté, qui s'en vante et devant lequel tout le monde courbe la tête. Nous le verrons, après avoir dénoncé le directeur de la poste, mettre tout en œuvre pour empêcher son avocat de le défendre, comparaître devant le tribunal non pas en témoin, mais en accusateur et quand la tête de Leroy aura roulé au pied des degrés de l'échafaud, s'acharner sur sa mémoire et sur sa veuve.

Quand celle-ci devra justifier au séquestre de la propriété des hardes qu'elle a laissées dans la chambre de son mari, c'est à Giguet en qualité de délégué du Conseil général qu'elle devra s'adresser. Quand le conventionnel Lecointre, dans une brochure dont nous parlerons plus loin, essaiera de justifier la condamnation de Leroy, si ce n'est pas Giguet qui colporte gratuitement ce factum dans tous les coins de la ville, c'est sa femme.

Enfin trois ans plus tard, quand le silence se sera fait sur la tombe de Leroy, Giguet, qui n'aura rien oublié, lui, reprendra la plume pour dénoncer la

rue Christine et 29 de la rue des Corderies. Les maisons qui portent ces numéros nous paraissent être (vérification faite sur le plan qui est à la mairie) les seuls dont les jardins soient contigus.

veuve, qu'il accusera de pactiser avec le parti royaliste et à laquelle il essaiera d'arracher sa place de directrice de la poste.

Une haine pareille est presque sans exemple et l'on se demande où elle a pu prendre sa source. Giguet et Leroy étant voisins, y a-t-il eu entre eux ou leurs ménages un de ces démêlés de voisinage, comme il s'en rencontre parfois, qui engendrent des dissentiments hors de proportion avec leur cause? On serait tenté de le croire. Mais comme cette hypothèse ne s'appuie d'aucune présomption tirée du dossier, mieux vaut voir dans l'œuvre de Giguet tout simplement le résultat de ce fanatisme farouche, aussi voisin de l'insanité que de la barbarie, dont Giguet lui-même et ses collègues du Comité dégageront tout à l'heure la formule, en écrivant à Le Carpentier « La République ou la mort, telle est notre devise.»

III

Quoiqu'il en soit de la psychologie de Giguet, il est acquis au procès qu'au commencement de l'automne 1793 le bureau de poste de Cherbourg se trouva encombré d'une quantité considérable de journaux, bulletins, rapports, papiers divers émanant de la Convention, adressés de Paris à Cherbourg en mai, juin et juillet à l'adresse des représentants du peuple en mission près l'armée des côtes. Ces représentants étant en tournée perpétuelle, tantôt dans la Manche, tantôt dans le Calvados, Leroy s'était trouvé dans l'impossibilité de leur faire tenir les envois, faits à leur adresse. Consulté sur l'emploi qu'il fallait en faire, Carrier, à son passage à Cherbourg en août 1793 (1) avait répondu au

(1) La présence à Cherbourg du trop fameux Carrier est constatée par les registres de la Société populaire. En compagnie de son collègue Pouchol, il adressa à cette Société une harangue qui provoqua un enthousiasme général et à la suite de laquelle il eut l'honneur d'être élu sociétaire par acclamation. La réponse qu'il fit à Leroy est relatée textuellement dans la brochure des notables de Cherbourg: « Eh ! f..., dit-il, fais en des choux et des raves ! »

directeur de la poste qu'ils n'avaient plus d'intérêt et autorisé ce dernier à en disposer à sa guise. Et Leroy, sans autrement insister, s'en était débarrassé en les écoulant, argent comptant, au prix de six sols la livre, chez les épiciers du voisinage, M. Macé, rue de la Vase et un sieur Le Buhotel, rue de la Fontaine.

Le fait étant parvenu aux oreilles de Giguet, ce dernier n'eut rien de plus pressé que de racheter à Le Buhotel une partie de ces papiers, de les transporter chez lui et de courir au Comité, pour le réquérir de venir constater le corps du délit, ajoutant « que Le Buhotel lui avait dit qu'il connaissait une maison où il y avait encore 400 livres pesant de papiers analogues » (1) — ce qui fut fait séance tenante.

D'où provenaient ces papiers ? Pour percer le mystère, le Comité procéda à une enquête, dans laquelle on entendit Le Buhotel, sa bonne et un nommé Chapuy « inspecteur au versement des pierres en rade » — et qui établit sans peine que Le Buhotel avait acheté de Leroy les journaux et bulletins, revendus à Giguet et qu'il avait fait dans cette revente un bénéfice d'un sou par livre — tant il est vrai qu'il n'est pas dans le commerce de petits profits.

Rien de plus curieux que cette enquête, à laquelle l'attitude et les réponses de Le Buhotel donnent une physionomie particulière. Visiblement l'épicier de la place de la Fontaine appartient à la catégorie de ces témoins qui ont la spécialité de n'avoir jamais rien vu, ni rien entendu et qui, en franchissant le seuil de la chambre d'instruction, sont immédiatement frappés d'une amnésie totale. Qu'on ne lui demande pas d'où venait la bonne, qui à huit ou neuf reprises successives lui a apporté dans son tablier les paperasses qu'il a vendues à Giguet. Il n'en sait rien. Il ne sait même pas comment s'appelle et où habite le particulier avec lequel il a marché fait pour acheter ce qui en reste. Il faut que sa servante, Rose Marvie, vienne mettre les points sur

(1) Procès-verbal de perquisition chez Giguet (dossier Leroy, char. nat. W. 339).

les i, et raconter naïvement ce qu'elle a vu et ce qu'elle a fait, pour qu'on sache que ces deux mystérieux personnages, sur la figure desquels son maître n'a pu mettre un nom, sont tout simplement le directeur de la poste et sa bonne — qui habitent dans la rue Christine, à quelques 50 mètres de là — et pour qu'on apprenne aussi (coïncidences fâcheuses) : 1° que c'était à la tombée de la nuit qu'ont toujours été transportés les papiers ; 2° qu'ils étaient liés en paquets ; 3° et qu'on les déposait non pas dans la boutique, mais dans la chambre de l'épicier.

Enfin, comme s'il était écrit que ce jour-là le malheureux Le Buhotel commettrait maladresse sur maladresse, le procès-verbal nous le montre, une heure après qu'il est sorti, revenant tout essoufflé au Comité pour lui apprendre que le particulier dont tout à l'heure il ignorait le nom n'est autre, renseignements pris, que le directeur de la poste — comme si une pareille comédie pouvait duper quelqu'un.

L'enquête close, une perquisition fut faite à la poste, où l'on saisit « 29 paquets d'environ 400 bulletins chacun, *cachés dans un grenier*, cachetés du sceau de la Convention et adressés aux représentants du peuple près l'armée des côtes à Cherbourg » (1), après quoi il fut procédé l'interrogatoire de Leroy.

On ne le tint pas longtemps sur la sellette.

— Avez-vous vendu des papiers au citoyen Le Buhotel ? Non, je ne lui en ai pas vendu ; mais je lui en ai donné une quantité qui me restait et en échange, *il m'a donné quelque partie de savon.* — A quel usage destiniez-vous ceux qui ont été trouvés chez vous ? A rien. Je donnai connaissance de leur contenu au député Carrier, qui me dit de les garder, car ceux à qui ils étaient adressés étaient absents. La plupart n'étant plus nouveaux, j'avais cru inutile de les envoyer. — Les paquets que vous avez donnés étaient-ils cachetés ? Non, ils avaient été décachetés par le représentant du peuple, général Tilly. — Parmi les papiers trouvés y en a-t-il quelques-

---

(1) Reg. de la Com. de surveill. Séance du 4 frim.

uns d'arrivés du temps que Lecarpentier et Garnier de Saintes étaient à Cherbourg ? Non. — Aviez-vous promis à Le Buhotel des nouvelles livraisons de papiers trouvés chez vous ? Non. (1)

Les réticences de Le Buhotel, les conditions suspectes dans lesquelles avait eu lieu la livraison, les contradictions existant entre le vendeur et l'acquéreur — celui-ci disant avoir payé en argent, celui-là déclarant l'avoir été en savon, l'un prétendant avoir acheté le tout et l'autre soutenant n'avoir vendu qu'une partie — la comédie puérile qui couronnait le tout, ne laissèrent point de doute : par le plus grand des hasards ou plutôt grâce à Giguet, on venait de mettre la main sur une conspiration des plus savamment ourdies et qui vraisemblablement étendait son réseau sur le pays tout entier.

Une sentinelle fut placée à la porte de Leroy. Le Buhotel fut conduit à la maison d'arrêt et comme il était tard (car tout cela, dénonciation de Giguet, perquisitions chez lui et à la poste, enquête et interrogatoire de Leroy, s'était passé dans la même journée) on s'ajourna au lendemain, au point du jour, pour arrêter les résolutions à prendre.

Le lendemain (25 novembre) le Comité dénonçait les faits au Comité de Salut public à Paris, au représentant du peuple et à tous les Comités de surveillance, par les lettres suivantes (2) — que nous reproduisons malgré leur longueur : elles trahissent merveilleusement l'état d'âme des Scipions cherbourgeois, qui montèrent ce jour-là au Capitole pour jurer qu'ils avaient sauvé la République.

---

(1) Archiv. Nat. Doss. Leroy. W 339.
(2) Rég. de la Comm. de surveill. (7 frim.)

AU COMITÉ DE SALUT PUBLIC

Le 5 frimaire
de l'an II de la République
(25 novembre 1793)

« Quelle infamie nous venons de découvrir ! Quels détours l'infernale escobarderie des scélérats emploie pour parvenir à écraser la République, à la précipiter dans l'abîme dont nos représentants intrépides viennent de la retirer... frémissez, bons frères, le directeur de notre poste aux lettres recevait journellement une quantité considérable de Bulletins et autres papiers de la Convention. Eh bien ! ce monstre, vendu sans doute à la faction Brissotine, ne les distribuait pas, il en faisait un trafic honteux et privait par ce moyen les citoyens de l'instruction, qui leur était si nécessaire dans les mois de ténèbres et d'aristocratie, où nous marchions naguère. Il craignait que la vérité ne se fît jour à travers le voile de la scélératesse ! Ce motif joint à une odieuse cupidité l'emportait sur les grandes vues de nos intrépides montagnards et rien ne transpirait de leurs actions, de leurs efforts à assurer le Bonheur des français. Nous avons saisi chez Monsieur le Roi (*sic*), directeur de la poste de notre commune, 400 pesant de ces papiers ; nous avons mis des gardes chez lui. Nous allons prévenir les Comités de surveillance de cet abus et nous attendons vos ordres à ce sujet.

» Salut, union, fraternité, la République ou la mort. »

A LE CARPENTIER

5 frimaire

« Un abus horriblement concerté par les ennemis de la République vient d'être découvert. Nous venons de trouver chez le directeur de la poste aux lettres de notre commune plus de 400 livres pesant de Bulletins, Lois, Constitutions et d'autres dans une maison bourgeoise.

Nous avons suivi cet odieux trame, rédigé procès-
verbal des dépositions que nous avons recueillies et
nous te mettrons demain à même d'indiquer la marche
à suivre pour la punition des coupables. Nous venons
de lancer un mandat d'arrêt contre le personnel (la
personne) du directeur et nous avons mis celui-ci en
état d'arrestation chez lui.

» Nous avons fait imprimer une circulaire et nous
l'adressons à tous les Comités de surveillance de la
République ; nous t'en envoyons un exemplaire.

» Nous écrivons au Comité de Salut public de la
Convention nationale sur cet objet. »

La circulaire adressée à tous les Comités de surveillance se terminait ainsi :

« Au reçu de la présente, vous tomberez à l'impro-
viste sur la maison de poste ; emparez-vous de tous les
bulletins de la Convention que vous trouverez et faites
des démarches pour approfondir la trame, si elle a lieu
comme chez nous. Ce sera rendre grand service à la
chose publique que de pulvériser les coquins. »

Le lendemain, le citoyen Paré, ministre de l'Intérieur
était prévenu qu'en attendant la nomination de son
successeur définitif, Leroy était provisoirement remplacé par Victor Lefourdrey « sans-culotte républicain
de 20 ans, qui a toujours été la terreur des modérés et
des aristocrates — auquel tous les bons bougres verront
avec plaisir confier la direction de la poste. »

Cependant Leroy ne restait pas inactif et en appelait
à l'opinion publique et au représentant du peuple de la
mesure prise contre lui. Nous avons retrouvé au dossier
criminel le mémoire, sorti des presses de « l'imprimerie
nationale, chez le montagnard Clamorgan », qui se distribua
alors en ville.

JEAN NICOLAS MOULIN (1)
Directeur des postes de Cherbourg,

au représentant du peuple LE CARPENTIER,
au COMITÉ DE SURVEILLANCE,
et à ses Concitoyens,

« Le Comité de surveillance et la Commune de Cherbourg m'ont fait mettre en état d'arrestation chez moi,
sous la surveillance de deux gardes. Je suis accusé d'avoir
détourné et vendu à mon profit des paquets de bulletins
de la Convention, adressés par le ministre de la guerre
aux représentants du peuple près l'armée des côtes de
Cherbourg. Cette accusation offre l'apparence d'un crime.
De grâce, citoyens, suspendez votre jugement. Le seul
fait, raconté tel qu'il est, n'offre même pas l'idée d'un
délit.

» Au commencement de juin dernier, il arriva au
bureau de la poste de cette commune quantité de paquets
à l'adresse des représentants du peuple près l'armée des
côtes de Cherbourg. Ils étaient à Bayeux. Je les leur
renvoyai à cette dernière adresse avec la plus grande
exactitude : le directeur des postes de Bayeux l'attestera
au besoin. Mais la journée du 9 juin arrive : Caen s'in-
surge, met en arrestation les députés. J'apprends cette
désastreuse nouvelle et je cesse de renvoyer les paquets
qui continuaient d'arriver à Cherbourg, convaincu qu'ils
ne les recevraient pas et qu'ils tomberaient aux mains
des fédérations.

» Les citoyens Tasson, capitaine du génie, et Leroy,
officier municipal, avaient à cette époque été nommés
commissaires pour assister à l'ouverture des paquets de
la poste. Je leur demandai ce que je devais faire de

---

(1) Sur l'exemplaire qui est aux Archives Nationales, on avait
d'abord imprimé le nom de Leroy, qu'on a raturé et remplacé à la
main par celui de Moulin, en ajoutant au bas de la page la note
manuscrite qui suit : « Le 7 brumaire dernier, le directeur,
antérieurement à son affaire, a abjuré l'*infâme* nom de Leroy pour
prendre celui de Moulin, que porte son épouse. Ci-joint la preuve.

ceux qui continuaient d'arriver à l'adresse des représentants. Ils me conseillèrent de les garder, jusqu'à ce
que les députés qui devaient venir à Coutances s'y
fussent rendus, parce qu'alors on les leur adresserait à
cette dernière commune; ce que j'ai fait ponctuellement.

» Voici la lettre que j'écrivis le 13 juin aux députés
Lecointre et Prieur alors à Coutances : Je m'empresse
de vous renvoyer les lettres particulières qui vous sont
adressées ici. Je vous envoie également deux paquets
contresignés : *Ministre de la Guerre, Bulletins, Lois,
etc.*, et deux autres paquets qui m'ont été remis par le
général Tilly, qu'il a reçus il y a quelques jours par un
courrier extraordinaire. Je vous prie de me donner vos
ordres pour les lettres et paquets qui vous seraient
désormais envoyés à Cherbourg, je les exécuterai avec
empressement.

» Cette lettre est demeurée sans réponse. Le 31 mai,
j'ai envoyé à Bayeux douze paquets aux représentants
du peuple Prieur et Romme. Le directeur de la poste de
Bayeux peut attester le fait et l'époque.

» A la fin de juin, ces députés furent forcés de quitter
le département de la Manche et me voilà encore de nouveau chargé de leurs paquets, sans savoir l'endroit où
je pourrai les leur faire parvenir. Je les offre au général
Tilly ; il refuse de les prendre.

» Je consulte de nouveau Tasson, membre du district,
sur la marche que j'avais à suivre à cet égard. Il me
répond qu'ils concernaient l'armée des côtes et non le
district.

» Pendant tout le mois de juillet, l'armée des côtes
fut sans représentants. Prieur, de la Côte-d'Or, et Romme
étaient au château de Caen ; Prieur, de la Marne, et
Lecointre étaient retournés à la Convention. Tous les
paquets restèrent donc à mon bureau. Ils l'encombraient
au point que je fus obligé de les mettre dans un autre
appartement.

» Au commencement d'août, le représentant Carrier
arrive à Cherbourg. Je vais le trouver chez le général
Tilly et lui demande ce que je dois faire de tous ces

paquets. Il me répond que, *contenant de vieilles nouvelles, il était inutile de les renvoyer* ; qu'à l'égard de ceux qui viendraient par la suite, il fallait les remettre au général Tilly. Je l'ai fait. Le citoyen Fossard venait tous les matins les chercher.

» D'après la réponse de Carrier, j'ai regardé ces papiers comme inutiles et j'ai cru pouvoir, sans songer faire mal, en donner une partie en échange de différents objets utiles à une maison.

» Voilà la plus exacte vérité.

» Voici ce que j'ai écrit à Carrier :

7 frimaire,

« Tu te rappelleras que tu es venu à Cherbourg le mois d'août dernier ; que je fus te trouver chez le général Tilly, pour te prévenir que j'avais une quantité de paquets adressés aux représentants du peuple près l'armée des côtes de Cherbourg ; que je te demandai ce que je devais en faire ? Tu me répondis que ceux qui viendraient à l'avenir devaient être portés chez le général Tilly. Ce qui a été exactement exécuté. Ces paquets étaient timbrés bulletins comme ceux que j'avais précédemment reçus. Je te demandai encore ce que je devais faire des anciens ? Tu me répondis qu'étant devenus inutiles par leur ancienneté, je n'avais qu'à les garder. Je crus alors pouvoir en disposer. Le comité de surveillance de la commune de Cherbourg en a eu connaissance. Il m'en a fait un crime et m'a mis en état d'arrestation. Tu es juste, tu ne balanceras pas à me répondre et attester la vérité de ces faits. Les républicains se doivent aide et assistance, c'est à ce titre que je te réclame aujourd'hui.

» J'ai lieu d'attendre une réponse satisfaisante. »

» Il m'est revenu qu'on a dit que parmi les paquets trouvés chez moi, il y en avait du mois brumaire. Le fait est faux. J'en appelle aux membres du comité qui ont fait l'ouverture.

» Sans doute, mes concitoyens, je serais bien criminel si j'avais gardé ces papiers dans l'intention d'empêcher

la propagation des lumières ; mais vous voyez comment
et pour quelle cause ils sont restés chez moi. Je n'ai pas
attaché la moindre idée de délit à cette action. Si je
l'avais crue illicite, j'aurais pu me cacher, j'aurais pris
des précautions. Ah ! j'étais loin de prévoir qu'elle pût
me compromettre aussi cruellement. Je suis innocent,
j'en atteste ceux qui me connaissent particulièrement.
J'ai, depuis la Révolution, fait tous les sacrifices qui
étaient en mon pouvoir : habits, sabres, souliers, argent
j'ai tout donné avec plaisir pour mes frères d'armes. J'ai
été scruté pour ma place, pour le club, pour mon
certificat de civisme ; partout on m'a rendu justice. Vous
m'avez toujours donné votre confiance, mes concitoyens,
cette action ne peut me la faire perdre. Je me confie
entièrement à la justice du représentant du peuple et
du comité de surveillance ; ils s'empresseront, mieux
instruits des faits, de rendre la liberté et l'honneur à un
père injustement accusé et le bonheur à une famille
désolée. » (1)

Signé : MOULIN.

III

Le Carpentier était alors à Coutances, fêtant au milieu
des chants, des feux de joie et des farandoles la défaite,
que les Vendéens venaient de subir sous les murs de
Granville (2). Le mémoire de Leroy ne pouvait arriver
dans des conditions plus opportunes.

Le 12 frimaire (2 décembre), huit jours après son arrestation, le directeur de la poste, sur ordre de Le Carpentier, reprenait sa place.

---

(1) Nous avons tenu à reproduire in-extenso ce mémoire, malgré la
longueur et la sécheresse des détails qu'il contient, par ce qu'avec
les dépositions des témoins, c'est la pièce capitale du dossier, qui a
passé sous les yeux du Tribunal révolutionnaire.

(2) Les Vendéens levèrent le siège le 15 novembre.

« Il vient d'être rétabli dans ses fonctions, écrivait le jour même le Comité aux administrateurs des postes, par le citoyen Le Carpentier, représentant du peuple, qui a pensé que le délit de ce directeur n'était pas de nature à subir une semblable punition » (1).

Le triomphe de Leroy ne devait être que de courte durée. Le jour même où Le Carpentier enjoignait de l'élargir, la Convention en effet le renvoyait devant le Tribunal révolutionnaire.

Le 11 frimaire, l'assemblée venait de discuter le rapport de Cambon sur le projet de loi tendant à contraindre les détenteurs de matières d'or et d'argent à les échanger contre des assignats, la nuit commençait à se faire dans la salle et les députés quittaient déjà leurs sièges, encore vibrants de la harangue de Danton, quand le Président donna lecture de la communication suivante:

« Un représentant du peuple écrit de Cherbourg que l'on a trouvé chez le directeur de la poste 400 livres pesant de lois et de rapports imprimés, de bulletins et autres papiers, que la Convention ou le Conseil exécutif faisait passer dans l'arrondissement : ce fonctionnaire criminel vendait ce papier 7 sols la livre et on en a trouvé chez différents particuliers, qui le lui avaient acheté. Le prévaricateur se nomme Leroy. »

L'ancien mousquetaire du roi, Montaut prit la parole: « Si jamais, dit-il, il fut commis un grand crime, c'est sans doute celui que l'on vous dénonce. Quand j'étais en commission (en mission) j'ai souvent écrit au Comité de Salut public ou à la Convention ; mes lettres ne sont pas toutes parvenues et loin de recevoir tous les journaux et surtout les journaux patriotiques dont j'avais besoin pour les distribuer aux soldats, j'en recevais toujours un nombre insuffisant. Il faut faire un grand exemple. Je demande que la Convention décrète que le dénonciateur a bien mérité de la Patrie — que le dénoncé sera traduit au Tribunal révolutionnaire — et que cette dernière mesure est générale. » (2)

---

(1) Rég. de la com. de surveillance, lettre du 12 frimaire.

(2) Extrait de la *Gazette Nationale* ou *Moniteur universel* (n° du

Le sort de Leroy était décidé. Montaut n'était pas descendu de la tribune, que le directeur des postes était renvoyé devant le Tribunal, créé dix mois auparavant pour brandir le glaive de la justice populaire « contre les perturbateurs du repos public ».

Pas une voix ne s'était élevée pour prendre la défense de l'accusé, ni même pour demander une explication.

IV

Le 16 frimaire (6 décembre) les papiers publics apportaient à Cherbourg le décret de la Convention et le jour même Leroy était incarcéré, — pendant que Giguet courait au Comité révolutionnaire quérir le diplôme, qui lui permettrait de s'approprier sans conteste les lauriers décernés à son dénonciateur.

« Représentant, écrivait le Comité à cette date à Le Carpentier, nous avons crû devoir faire mettre en état d'arrestation Leroy, d'après le décret que nous avons lu le matin. Cette mesure a ranimé les patriotes. Tu avais, nous osons le dire, été trompé en donnant les ordres d'élargir provisoirement un pareil individu. Tu ne conçois pas combien les aristocrates frétillaient de plaisir, combien nous voyions sur leurs faces blêmes rayonner l'espoir que nous avions perdu ta confiance. Ta lettre (1) est pour eux le coup de massue et nous rend tout le nerf que nous avons déployé dans les circonstances où il en a été nécessaire. La mort ou la République, voilà notre devise. Compte que nous sommes de bons bougres qui ne dévieront jamais des grands

---

11 frimaire an II) 1er décembre 1793 (Vieux style). Le député Montaut (Louis de Maribon de Montaut), ancien mousquetaire de Louis XVI, ancien président du Club des Jacobins, était député du Gers.

(1) Le Carpentier avait écrit au comité une lettre (que nous n'avons pu retrouver), dans laquelle, après réflexion, il se ralliait aux sentiments du comité.

principes. Tu as reçu nos serments. Périssent les
traîtres, les modérés, les égoïstes, les prêtres fanatiques
et toi, achève de détruire la Vendée et ça ira.

» Le Comité.

» Duprey est venu hier au soir avec l'accent *doloroso*
que tu lui connais demander copie de ta lettre. Nous
avons vu le piège. Il était trop grossièrement tendu
pour que nous y fûssions pris (1). »

Leroy ne fit que passer à la Maison de Garantot.
Trois jours après (2), il prenait le chemin de Paris —
laissant l'épicier Le Buhotel méditer dans le silence
de la prison, où il devait séjourner pendant plus de
4 mois, sur l'inconvénient qu'il y a pour un épicier
à envelopper son sucre et sa canelle dans toute
espèce de papiers. Le même jour, la voiture de
poste emportait dans la même direction l'avocat Duprey,
auquel Leroy avait confié sa défense et dont il faut bien,
en raison du rôle qu'il a joué dans le procès, que nous
disions quelques mots.

Inscrit au siège de police de Cherbourg en 1787 (3),
Pierre-Guyon Duprey avait, pour la première fois, fait
parler de lui en 1789, lors de l'émeute qui avait mis à
sac l'hôtel de M. de Garantot et les magasins de M. de
Chantereyne (4) — émeute qu'il avait réprimée en remplacement du Procureur du Roy — et depuis lors il
n'avait pas quitté la scène politique. Elu premier
suppléant au Tribunal du district, il avait épousé avec
ardeur la cause de Dumouriez « le brave général qu'il
aime de tout son cœur » (5), contre ceux qui l'accusaient

---

(1) Rég. de la com. de surveillance (16 frimaire).
(2)   d°   (19 frimaire).
(3) Reg. du siège de police de Cherbourg du 27 janvier 1787. Les
avocats qui paraissent à cette époque les plus occupés au barreau
cherbourgeois, sont MM. Ingoult, Dorange, Pottier, Michel de Pré-
fosse, Nicollet, Bouillet, Dutot et Guiffart. Duprey y paraît tenir très
honorablement sa place.
(4) Arch. de Cherbourg, F F 22.
(5)   d°   page 319.

d'avoir pactisé avec l'émeute et la Société populaire n'avait pas hésité, lors de son épuration, à lui confier la direction de cette importante et délicate opération (1). La « mémorable » séance du 25 septembre 1793, dont le procès-verbal fut jugé digne d'être envoyé à la Convention, nous le montre à la tête de la Société régénérée, recevant les deux représentants du peuple Le Carpentier et Garnier de Saintes et « leur donnant l'accolade fraternelle pour leur témoigner combien était vif le plaisir de les voir parmi nous et leur montrer quelques étincelles du patriotisme des sans-culottes de Cherbourg » (2).

La roche Tarpéienne en ce temps-là, n'était pas loin du Capitole, et Duprey en devait faire l'expérience à ses dépens. Quinze jours après, alors qu'il venait d'être désigné par la Société populaire pour aller à Caen, prêcher l'amour du patriotisme, de l'égalité et de la liberté, un citoyen militaire montait à la tribune pour rappeler « que jadis Duprey avait proposé de dissoudre la Convention et de procéder à l'élection d'une nouvelle assemblée dans le cas où l'un de ses membres viendrait à être assassiné » et le nom de Duprey était à l'unanimité rayé des registres (3). Désormais, il n'était plus qu'un suspect — suspect au point que, quand il se présentera devant le Conseil général pour prêter serment en qualité de notable, le Conseil général lui fera comprendre qu'il n'a pas le droit de lever la main (4).

Que l'avocat Duprey, l'ancien ami de Dumouriez, fût un sans-culotte absolument sincère et qu'il n'eût pas

---

(1) Rég. de la Soc. popul., séance du 21 septembre 1793.

(2) Ce procès-verbal ne figure pas sur les registres de la Société populaire. Mais il existe à l'état d'imprimé, dans les archives non encore classées de la Bibliothèque.

(3) Reg. de la Soc. pop. séance du 8 octobre 1793.

(4) Reg. du Cons. général, délibération du 30e jour du 2e mois an II. Ce n'est qu'après le 9 thermidor que Duprey rentra en grâce. Dans la séance du 1er fructidor an II, « sur la pétition du citoyen Pierre-Guyon Duprey, le Conseil général arrête qu'il lui sera délivré un certificat attestant que pendant son séjour en cette commune, il a donné des preuves de civisme et que s'il a commis quelques erreurs elles n'ont été que momentanées et qu'il s'est toujours montré l'ami de l'humanité et de la révolution. » À dater de cette époque, que devint Duprey ? Nous ne le savons : on n'entend plus parler de lui.

quelque peu coqueté avec ce qu'on appelait alors
le fédéralisme « dont l'importune odeur commençait
déjà à se répandre à Cherbourg » c'est là un point qu'il
semble difficile à contester, mais qui importe peu. Ce
qu'il faut dire de Duprey, c'est qu'à une époque où, dans
toutes les classes sociales, chacun se tait et se cache
quand il ne donne pas de la voix avec les autres, ce
petit avocat cherbourgeois, à l'accent *doloroso*, qui tient
tête à Giguet et au Comité révolutionnaire, fait montre
d'un certain courage. Bien qu'à la dernière heure il ait
dû s'effacer et céder la parole à l'un de ses confrères, il a
droit à sa page dans l'histoire de notre barreau local.

Au Comité de Surveillance comme à la Société populaire, tout le monde se ligue pour le perdre.

Le jour même où il prenait la poste, voici la lettre
qu'adressait le Comité au citoyen Publicola Chossart,
chef des bureaux du Comité de Salut public : « Nous
t'avertissons que Duprey, qui dans la Belgique fut
l'apôtre de Dumouriez, dernièrement chassé de notre
club par le représentant du peuple Garnier, déchu de
toutes ses fonctions, est parti pour Paris, aux fins d'être
le défenseur officieux de Leroy, directeur de la poste aux
lettres de notre commune, que le Tribunal révolutionnaire va juger d'après notre dénonciation. Ton républicanisme nous répond que cet avis ne sera pas perdu
pour la chose publique » (1).

Trois mois après (le 12 mars), à la Société populaire,
un orateur resté inconnu prenait la parole pour demander « qu'il soit pris des renseignements sur la conduite
de Duprey et que l'on écrive à la section de la halle au
bled à Paris, afin de le faire connaître » et la proposition
était adoptée (2).

Le plan du Comité révolutionnaire est facile à saisir :
il voulait à tout prix faire arrêter l'avocat, pour laisser son
client sans défense et nous verrons que ce plan réussira.

La période de trois mois et demi qui sépare le transfert
de Leroy de Cherbourg à Paris est assez pauvre

---

(1) Reg. de la Commission de surveillance, 19 frimaire.

(2) Reg. du Cons. gén., 20 ventôse an 11.

de documents. Tout ce que les registres et le dossier
criminel nous apprennent c'est que la Société populaire
et le Conseil général accordèrent sans protestation à
Leroy, sur la demande de sa femme, un certificat de
civisme, qui fut également octroyé à M. Macé et au citoyen
Giguet, assignés comme témoins— et que Leroy, écroué
à la Conciergerie, fut soumis le 5 nivôse an II (25 décembre
1793) trois semaines après son arrivée, à un interrogatoire dont le procès-verbal n'a pas été conservé.

Ce qui nous est resté, c'est l'acte d'accusation signé
de Fouquier-Tinville. En voici un extrait, où se reconnaît
la plume vulgaire et déclamatoire de l'ex-procureur du
Châtelet :

« Antoine-Quentin Fouquier....

» Expose, que par décret de la convention nationale
du 11 frimaire dernier, le directeur de la poste aux
lettres de Cherbourg, nommé Leroy, a été traduit au
tribunal, attendu que le comité de surveillance de Cherbourg venait de le convaincre du plus horrible des
attentats en découvrant *chez lui* plus de 400 livres de
bulletins, rapports, lois, etc., encore scellés du cachet de
la Convention et qu'il en a trouvé bien davantage dans
plusieurs maisons où le lâche fonctionnaire public les
vendait à raison de sept sols la livre ; que ledit Jean-
Nicolas Moulin, ci-devant Leroy, a subi interrogatoire
par devant le tribunal le 5 nivôse dernier ; qu'examen
fait tant dudit interrogatoire que des pièces envoyées à
l'accusateur public, il en résulte que ledit Moulin,
ci-devant Leroy, qui ne devait pas ignorer la sollicitude de la Convention nationale à porter dans toute la
République le flambeau de la vérité, pour extirper les
profondes racines de l'égoïsme et de la tyrannie et faire
propager la liberté et l'égalité, bases essentielles de
notre gouvernement républicain, voyait journellement
avec quelle attention elle faisait passer les bulletins de la
Convention et autres écrits qui pouvaient propager les
sentiments d'union, d'amour et de fraternité entre tous
les Français et leur donner par ce moyen la force de
résister aux attaques réitérées des despotes et leurs

satellites ; qu'en conséquence il ne devait pas ignorer que des pièces aussi essentielles, n'étant faites que pour l'instruction publique, ne devaient jamais avoir d'autre destination et qu'en les dérobant aux yeux des Français qui auraient pu y lire les traits d'héroïsme, soit de nos frères d'armes, soit de tous autres citoyens, *c'était un vol manifeste* fait à la République et d'une manière d'autant plus criminelle que s'était *abuser de la confiance* que la République avait en lui ; que cet abus de confiance prend un caractère d'autant plus criminel que l'intérêt lui a fait vendre à son profit, à raison de 6 sols la livre, des imprimés appartenant à la République ; enfin que cette manière de détruire des imprimés aussi essentiels est *un attentat horrible* qui ne peut émaner que d'un agent de la conspiration qui a éclaté dans cette partie de la République, afin d'oter au peuple la connaissance de ce qui se passait.

» D'après l'exposé ci-dessus, l'accusateur public a dressé la présente accusation contre ledit Jean-Nicolas Leroy, à présent Moulin, pour conspiration contre la République en abusant, en sa qualité de fonctionnaire public, de la confiance de la nation et en vendant et appliquant à son profit le prix des bulletins, rapports, lois, etc., qui étaient envoyés à divers fonctionnaires publics, *le tout de concert* avec les conspirateurs de cette partie de la République pour porter atteinte à l'unité, l'indivisibilité de la République, à la sûreté et à la liberté du peuple français.

» En conséquence, requiert.... », etc.

Il y avait près de trois mois et demi que Leroy était écroué à la Conciergerie, quand il gravit l'escalier qui conduisait de la prison au Tribunal révolutionnaire.

Ce fut le dimanche 3 germinal an II (23 mars 1794) que son procès fut enfin appelé dans l'ancienne salle de la Tournelle, baptisée depuis peu du nom de salle de l'Egalité (1) — dont quelques jours plus tard Danton devait franchir le seuil, pareil, dit-on, à un taureau furieux qui

____

(1) Archives nationales.

surgit dans l'arêne les cornes basses. Il est permis de
conjecturer, sans trop d'invraisemblance, que les curieux
qui suivirent les débats furent plutôt rares. Le procès
des Hébertistes qui se déroulait dans la grande chambre,
dite salle de la Liberté, était commencé depuis deux jours
et pour jouir du spectacle des vingt accusés, au milieu
desquels le père Duchesne, blême de peur, occupait le
fauteuil, la foule se pressait aux abords, telle qu'elle
débordait sur les quais (1).

Le Tribunal révolutionnaire était présidé par Claude-
Emmanuel Dobsen, ancien avocat au Parlement de
Champagne — qui, après avoir mené la lutte avec
ardeur contre les Girondins au 31 mai, en qualité de
président de la section de la Cité, avait été récompensé
de son zèle, en passant le premier sur la liste des juges
nommés par la Convention et qui devait finir ses jours
à Trèves sous la toge d'un procureur de l'Empire (2).

A ses côtés siégeaient comme juges : un inconnu du
nom de François-Joseph Denizot et un ancien député à la
Législative, réfugié dans la magistrature : Gabriel
Deliège.

Le banc des jurés, qui, comme on le sait, occupaient
alors un emploi, non pas temporaire, mais permanent
et largement rétribué à raison de 18 livres par jour,
était garni par les citoyens Servière, Klispin, Baron,
Gimond, Devèze, Meyer, Maupin, Clémence, Mercier,
Fineaux, Petit et Tressin, dont nous ne savons rien,
sinon que Gimond était tailleur, Servière, cordonnier,
Baron, chapelier et Devèze, menuisier (3).

Le Tribunal venait de condamner à mort l'abbé
Poitou, curé de Veaux (district de Saint-Germain-en-Laye)
« convaincu d'avoir tenu des propos tendant à provoquer
la dissolution nationale, l'avilissement des autorités
constituées et le rétablissement de la royauté » (4),

_____

(1) E. Biré, « Journal d'un Bourgeois sous la Terreur », p. 311.
(2) Lenôtre, Tribunal révolutionnaire, p. 24, 123 et 127.
(3) Lenôtre, Tribunal révolutionnaire, p. 130. Devèze et Baron
figurent parmi les jurés et Deliège parmi les juges qui condamnè-
rent Marie-Antoinette (Lenôtre, op. cit. p. 148).
(4) Journal « Les Nouvelles politiques et étrangères », n° de
germinal an II.

lorsque Leroy fit son entrée dans la salle d'audience, assisté de Chauveau-Lagarde, son défenseur.

Nous oubliions de dire, et nous allons le voir, qu'à la dernière heure et sous le coup d'un mandat-d'arrêt, l'avocat Duprey avait reculé devant le danger de se présenter à l'audience et peut être même avait quitté Paris la veille après avoir remis le dossier à son illustre confrère.

Six témoins furent entendus qui avaient été appelés par l'accusateur public : 1° Marc-Antoine Giguet, 34 ans, de Martinvast, imprimeur à Cherbourg ; 2° Jean Le Buautel (sic), 29 ans, demeurant à Cherbourg ; 3° Rose Marvet (lisez Marvie), 19 ans, de Cherbourg, fille de peine chez Le Buautel ; 4° Claude Macé, 52 ans, né à Caen, demeurant à Cherbourg ; 5° François-Jérôme Chapuy, employé à l'administration de la marine à Cherbourg ; 6° Laurent Lecointre, 48 ans, de Versailles, député à la Convention (1).

Le Tribunal révolutionnaire statuant en dernier ressort, sans recours possible à une juridiction supérieure, il ne fut pas pris note des dépositions des témoins. Ce que déclarèrent Claude Macé, Jérôme Chapuy, Le Buhotel et sa domestique, les détails qui précèdent le laissent entendre. Mais que dire des témoignages de Giguet et du conventionnel Lecointre ?

Il n'est pas douteux que Lecointre, auquel avaient été adressés, en qualité de délégué près de l'armée de côtes, une partie des bulletins et journaux vendus par Leroy — chargea ce dernier. La preuve nous en est fournie par l'adresse des notables de Cherbourg de l'année suivante, dont nous avons dit quelques mots, dans laquelle on associe Lecointre à Giguet pour avoir écrit « que Leroy a été supplicié justement » (2). Mais aller au delà serait se hasarder dans des hypothèses, dénuées de toute certitude.

Il est plus aisé de reconstituer la déposition de Giguet

---

(1) Archives nationales. Dossier Leroy.

(2) Page 6.

— grâce à l'enquête que fit le Comité révolutionnaire *régénéré* le 3 ventôse an III (1) — pour déterminer précisément l'attitude de Giguet devant le Tribunal révolutionnaire. Lorsqu'on demande dans cette enquête à Le Buhotel, s'il a « connaissance que Giguet et consorts avaient formé le projet d'enlever à Leroy tout moyen de défense, en faisant arrêter la veille du jugement son défenseur officieux et s'il peut répéter ce qu'a dit Giguet », il répond : « qu'à son arrivée à Paris où il était appelé pour déposer contre Leroy, il apprit qu'une dénonciation faite par le Comité révolutionnaire de cette commune contre le citoyen Duprey, défenseur officieux de Leroy, l'avait *forcé de sortir de Paris ou de se cacher, la veille du jugement prononcé contre ledit Leroy.* Lors de l'instruction de cette affaire, ajoute-t-il, le défenseur de Leroy (Le Buhotel parle ici de Chauveau-Lagarde) demanda au Tribunal, qui adhéra, que les témoins présents fussent entendus sur la conduite et le civisme dudit Leroy. Alors Giguet déposa, sur diverses questions qui lui furent faites par le Tribunal : qu'il n'avait jamais regardé Leroy *que comme ennemi de la révolution et mauvais citoyen aux yeux de tous les habitants de Cherbourg ; maintes fois il en avait donné des preuves, mais particulièrement un jour qu'on enlevait des grains ou farines de la commune de Cherbourg pour l'approvisionnement d'autres districts ; lui, Giguet, avait entendu dire alors à Leroy qu'il fallait que le peuple fût bien bon de se laisser enlever son peu de subsistance et que, s'il avait assez de pouvoir, il empêcherait l'enlèvement. Et* (dit Le Buhotel) *ce témoignage irrita beaucoup le Tribunal contre Leroy.* »

Cette déclaration de Le Buhotel, corroborée par celle de son frère, de sa bonne et de Chapuy, ne laisse pas de doute sur le rôle de Giguet devant le Tribunal et justifie absolument ce que ses contemporains ont écrit de lui : « qu'il était parti de Cherbourg avec promesse

---

(1) Archives de la Bibliothèque de Cherbourg. Le classement des documents de la période révolutionnaire étant en cours, il ne nous est pas possible de donner d'autre référence que la date.

de faire sauter la tête de Leroy — qu'il avait osé dépouiller le caractère de témoins pour revêtir celui d'accusateur, et qu'il avait eu même l'impudence de stipuler (sic) un assassinat au nom de la commune de Cherbourg » (1).

La plaidoirie que Mᵉ Chauveau-Lagarde prononça après l'audition des témoins, si l'on en croit un écrit de M. l'abbé Vignon, curé-doyen de la Haye-Pesnel (2), *fut de tous points remarquable*, et nous n'avons aucune raison de croire que l'éloquent et courageux avocat, qui avait essayé d'arracher la reine à la mort et qui devait risquer sa tête en défendant celle de Charlotte Corday, fut le 3 germinal inférieur à sa tâche et à lui-même.

Mais le moyen de sauver un homme, déjà condamné par un vote solennel de la Convention ? Les questions qui furent posées aux jurés, lorsqu'il se retirèrent pour délibérer, étaient au nombre de deux.

1° « A-t-il existé dans la commune de Cherbourg, département de la Manche, un abus de la confiance nationale, sous la qualité de fonctionnaire public, en vendant à un profit personnel les bulletins, rapports, lois et autres écrits propres à éclairer le peuple français sur ses véritables intérêts et qui étaient envoyés à divers fonctionnaires publics et singulièrement aux représentants du peuple, délit caractérisant un concert avec les conspirateurs de cette partie de la République, pour porter atteinte à l'unité, l'indivisibilité de la République, à la sûreté et à la liberté de la nation française ? »

(1) Adresse des notables de Cherbourg à la Convention. Comment expliquer que le directeur des postes ne fît comparaître ni Carrier, avec lequel il avait eu la conversation que l'on sait, ni le représentant du peuple général Tilly, qui en avait été, paraît-il, le témoin ? Leurs noms sont sur « la liste des témoins à figurer dans l'affaire Moulin », ce qui semble indiquer qu'on a eu un moment l'intention de les assigner. Mais rien n'indique pourquoi on n'y donna pas suite.

(2) La veuve du directeur de la poste se remaria avec un M. Humbert et de ce mariage, elle eut plusieurs filles, dont l'une fut la mère de M. l'abbé Vignon, l'un des prêtres les plus distingués du Diocèse, mort en 1895, laissant sous le titre d'« Humbles Souvenirs d'une Famille chrétienne » des mémoires sur sa famille et sur sa vie, qui sont vraiment intéressants.

2° « Jean-Nicolas Moulin, ci-devant Leroy, directeur
de la poste aux lettres de ladite commune de Cherbourg
est-il convaincu de cet abus contre-révolutionnaire ? »

La délibération du Jury ayant été affirmative sur les
deux points (1), l'infortuné Leroy rentra dans la salle
pour entendre lecture d'un jugement qui le condamnait
à mort, en exécution de la loi du 4 décembre 1792,
applicable « à tous ceux qui se proposeraient d'établir
en France la royauté ou tout autre pouvoir attentatoire
à la souveraineté du peuple sous quelque dénomination
que ce soit ». Le même jugement prononçait la confis-
cation, au profit de la République, de tous les biens du
condamné et ordonnait que le jugement serait porté à la
connaissance du public, par voie d' « affiches et
d'impressions ».

Avant la fin du jour (car les prisons étaient encom-
brées et il fallait faire de la place) Leroy montait en
charrette et s'acheminait vers la place de la Révolution,
absous et réconforté — nous voulons le croire — par le
curé de Veaux, qui partageait son sort.

Il avait 57 ans et il laissait derrière lui une veuve de
23 ans et un orphelin qui n'avait pas encore 18 mois (2).

Il est superflu de dire que sa condamnation et son
exécution ne tinrent pas grand place dans les journaux
de l'époque qui se bornèrent pour la plupart à enregistrer
le *communiqué* de Fouquier-Tinville. Quelques-uns
cependant l'accompagnèrent de commentaires, témoin
celui dont notre bibliothèque a conservé le fragment
ci-après, sans titre et sans date :

« Chaque citoyen, dans un Etat, a des obligations à
remplir ; s'en acquitter, c'est payer sa dette sociale ;
s'y soustraire, c'est voler sa patrie. Mais les devoirs
attachés aux fonctions publiques, à ces fonctions qui sont
fondées sur la confiance du peuple, sont bien plus
étendus que ceux des hommes privés. L'homme public

(1) Nous lisons dans l'adresse des notables à la Convention que
cette déclaration du Jury fut loin d'être unanime et que sur les 12
jurés, il s'en trouva cinq pour voter l'acquittement. Mais dans
quelle mesure faut-il ajouter foi à ce dire ?

(2) L'acte de naissance à Cherbourg est daté du 24 octobre 1792.

ne saurait trop se pénétrer de cette vérité. Il ne peut trop se dire à lui-même : il n'existe point, relativement à ma place, de faute légère ; la moindre prévarication dans l'exercice de mes fonctions serait un crime, un crime capital ; il faut que je me mette à l'abri du reproche ; il faut que je sois digne de l'estime universelle.

» Moulin ne prend pas ces principes pour base de sa conduite. Au lieu de transmettre fidèlement à leur destination, les écrits dont l'objet est d'éclairer les citoyens, il s'en empare, il en fait un coupable trafic, il s'en applique le produit.

» On découvre le crime, on en dénonce l'auteur. Il paraît au Tribunal, les dépositions des témoins sont précises, uniformes, accablantes. Le Tribunal condamne Nicolas Moulin à la peine de mort. Jugement du 3 germinal exécuté le même jour » (1).

IX

Le cinq germinal, Giguet — que nous n'avons pas cherché, mais que sans trop de peine nous aurions peut-être découvert l'avant-veille dans les premiers rangs de la foule, au pied de l'échafaud, — Giguet, de retour à Cherbourg, allait reprendre sa place, au milieu de ses collègues du Conseil général (2) et du Comité révolutionnaire. Une petite scène, qui nous est racontée par le frère de Le Buhotel, prouve que le voyage de Paris ne l'avait pas changé. Comme ils voyageaient dans la même diligence, Le Buhotel et Giguet se trouvèrent à Caen, à l'auberge, côte à côte autour de la table et la conversation roula naturellement sur le procès du guillotiné de l'avant-veille. Giguet ne cessait de répéter sous toutes les formes que le ci-devant directeur de la poste n'était rien autre « qu'un contre-révolutionnaire, un ennemi de la liberté, connu comme tel de tout

(1) Bibliothèque municipale, 14.222 ª.
(2) Registre du Conseil général. Séance du 5 germinal an III.

Cherbourg et qui en avait d'ailleurs donné la preuve manifeste le jour où il s'était refusé à l'enlèvement des grains et farines, pour qu'on les transportât dans les autres communes du district ». Comme ils devisaient ensemble, les deux convives virent tout à coup apparaître dans la salle l'avocat Duprey, et Giguet alors de dire à Le Buhotel « que ce défenseur des aristocrates avait fui Paris par ce qu'il y avait un mandat d'arrêt contre lui et que s'il lui prenait fantaisie de regagner Cherbourg il avait, lui, Giguet, bonne envie de le faire arrêter ». Il y a des haines qui ne désarment pas ; celle de Giguet était du nombre (1).

Il semble que les registres du Conseil général ou de la Société populaire devraient traduire l'impression que produisit à Cherbourg la nouvelle de la condamnation et de l'exécution de Leroy. Tout au plus y est-il fait allusion dans deux ou trois circonstances : lorsqu'on oppose les scellés au domicile de Leroy ou encore lorsque sa veuve, qui a laissé quelques hardes dans la chambre de son mari, les revendique contre le séquestre. Et comme il faut que la commune soit représentée dans ces deux occasions, il va de soi que le rôle en est dévolu à Giguet, qui l'accepte sans se faire prier (2).

Seul le Comité révolutionnaire manifeste ses sentiments dans une lettre, postérieure de cinq jours à la mort, adressée à l'accusateur public : « Citoyen, les papiers publics viennent de nous instruire du jugement du tribunal révolutionnaire contre le nommé Leroy, ci-devant directeur de la poste de notre commune. Le coupable est puni et ce terrible exemple épouvantera sans doute ceux qui seraient tentés de l'imiter. Mais nous sommes chargés d'un dépôt considérable de bulletins et journaux dont partie sont cachetés du sceau de la Convention. Nous te prions de nous indiquer quel parti tu prétends tirer de ces papiers afin que nous soyons débarrassés de leur volume et de leur garde ». (3)

---

(1) Enquête du Comité révolutionnaire régénéré du 3 ventose an III.
(2) Registre du Conseil général. Séance du 18 germinal an III.
(3) Registre du Comité révolutionnaire du 8 germinal an III.

Le nom de Leroy est de ceux qui portent malheur et qu'on évite de prononcer.

Pour que les langues se délient, il faudra que l'hôtel de Garantot laisse sortir une partie des pensionnaires qui l'encombrent, que la Société populaire efface de son enseigne le sous-titre : « Affiliation aux Jacobins » et que le Conseil général répudie toute participation aux mesures sanguinaires de l'ex-représentant. Le Carpentier. Il faudra en un mot que la réaction de Thermidor commence à se faire sentir à Cherbourg et l'on sait que s'il se trouva une femme courageuse, la citoyenne Lefranc, pour flétrir dès le lendemain du 9 Thermidor les actes de Le Carpentier (1), les autorités constituées de la commune, plus circonspectes, demandèrent plus de quatre mois, pour applaudir à sa protestation.

L'agent le plus actif de cette réaction à Cherbourg fut incontestablement le représentant Legot qui, envoyé dans la Manche, pour remplacer Le Carpentier, écrivait à la Convention : « Lorsque je suis arrivé dans le département je l'ai trouvé sous le joug de la Terreur, les partisans de Robespierre y dominaient et tenaient leurs concitoyens dans le plus affreux esclavage. Tout le monde y était dans la stupeur et la plus affreuse consternation (2).

Legot, que nous voyons en février 1795, faire disparaître de la Maison commune les bustes de Marat, de Chalier et de Le Pelletier, et épurer tour à tour le district et la Municipalité, devait attirer encore sur lui les haines des terroristes — en faisant droit à la pétition, appuyée par toutes les sociétés de la commune, dans laquelle la veuve de Leroy demandait à reprendre la place de son mari (3).

Ce fut Lecointre, de Versailles, le conventionnel que nous avons vu figurer devant le Tribunal révolutionnaire parmi les témoins à côte de Giguet, qui se chargea de se

---

(1) M. l'abbé Leroy. *Le Vieux Cherbourg*, page 212.

(2) Lettre du 19 pluviose an III, citée par M. de Braschel (J.-B. Le Carpentier, page 256).

(3) Adresse des Notables du 20 ventose an III.

faire l'interprète de ces haines, dans un écrit destiné en apparence à combattre les « pouvoirs illimités » (1) mais en réalité à discréditer, en les dénaturant, les actes de son collègue Legot. Nous regrettons de n'avoir pu le retrouver : l'épigraphe qu'il porte en première page (2) laisse supposer qu'il ne devait pas être sans intérêt.

Imprimé à un grand nombre d'exemplaire et distribué à la Convention, ce libelle attaquait naturellement Leroy qui, disait l'auteur, « avait été supplicié justement »; il attaquait même sa veuve et le frère de celle-ci qui était accusé « d'avoir lâchement abandonné les drapeaux de la République pour la seconder dans son bureau ».

L'occasion était trop belle de reparaître en scène pour Giguet, qui s'empressa d'extraire de ce libelle les accusations dirigées contre sa victime, sa veuve et son beau-frère de celle-ci, de les imprimer à ses frais et de les faire colporter en ville par sa femme.

Il n'en fallait pas d'avantage, c'était même plus qu'il n'en fallait pour faire éclater un sentiment qui n'attendait que l'heure de faire explosion contre la bande de terroristes, dont Lecointre venait se faire l'avocat et en particulier contre Giguet et son infernale moitié.

Une adresse à la Convention (qui pourrait bien être sortie de la plume de M. Asselin l'un de ses signataires) fut immédiatement rédigée et déposée au secrétariat du district, à la disposition des notables, qui furent invités à la signer. 184 d'entre eux répondirent à l'appel du rédacteur; le futur baron de l'Empire Jubé, M. Asselin, M. de Chantereyne, M. Viel-Hautmesnil, M. Maurice, M. Duchevreuil, M. Postel, M. Bonnissent, M. Le Brettevillois, l'avocat Duprey, en un mot les habitants les plus honorables de Cherbourg se firent un devoir de joindre leur protestation à celle du district.

On nous excusera de ne donner ici ni le texte ni même l'analyse de cette longue et fastidieuse réponse, à

---

(1) Il porte pour titre « L'abus des pouvoirs illimités ».

(2) « Incedo per ignes ».

l'épigraphe virgilien(1), dont les signataires se présentent
« tenant en leurs mains les robes ensanglantées de leurs
frères ». A part quelques détails de fait intéressants, qui
ont trouvé place dans ce récit, cet écrit, aux allures de
catilinaire, n'est guère qu'une succession ininterrompue
d'emphatiques apostrophes à l'adresse de Lecointre et
du couple Giguet — de Lecointre, qui n'a même pas la
pudeur « de laisser dormir les cendres de ceux qui
succombèrent sous la plus affreuse tyrannie et de
respecter les douleurs de leurs veuves et de leurs enfants
et qui n'entrouvre leurs tombes que pour les outrager
et les avilir ; — de Giguet « l'imbécile et féroce Giguet,
l'assassin de Leroy, qui pour acquitter son abominable
promesse rugissait de la fluctuation qui faisait éprouver
aux jurés, la conviction de l'innocence de sa victime; —
de la femme Giguet enfin, la mégère, la prostituée, qui
court les rues, comme une bacchante, colportant gratuitement l'œuvre de Lecointre » (2).

Cependant que la condamnation de Leroy mettait aux
prises les notables et le député de Versailles, la Société
populaire déposait entre les mains du représentant du
peuple Hubert une plainte contre Giguet et autres
« relativement à la mort du Roy *(sic)*, ci-devant directeur
de la poste aux lettres » et le représentant du peuple
envoyait l'examen de cette plainte au Comité révolutionnaire régénéré. De l'enquête à laquelle il fut procédé et au
cours de laquelle déposèrent tous les témoins entendus
par le Tribunal révolutionnaire, nous n'aurions rien à
dire, s'il n'y avait à mentionner la déposition de Le
Buhotel, auquel la mémoire n'est pas encore revenue
« qui se souvient bien de la mort de Leroy, mais qui est
incapable de dire s'il a été justement ou injustement
condamné ». (3)

---

(1) Voici cet épigraphe: *Dant clara incendia lucem.*
    Erranti...
                                Quanquam animus meminisse horret
    Incipiam...
(2) Adresse des notables de Cherbourg à la Convention du 20
ventose an III (Document non classé).
(3) Registre du Comité revolutionnaire (3 ventose an III).

Successivement désarmé, incarcéré, mis en liberté sur l'ordre du district et réincarcéré sur les instances du Conseil général. Giguet finit par arracher à la muni-cipalité, au bout d'une détention de quelques semaines, son élargissement définitif.

L'assassin de Leroy était flétri, mais non pas encore découragé. Trois ans après (au commencement de nivôse an VI), à 7 heures du matin, le juge de paix se transportait chez la directrice de la poste, qu'il trouvait au lit, mettait les scellés partout, fouillait tous les tiroirs et se livrait à la plus minutieuse des perquisitions. La poste de Cherbourg venait d'être signalée au district départemental, comme un foyer de conspiration royaliste. Il ne fallut rien moins que l'intervention énergique du Conseil général, qui prit la dame Leroy sous son égide et déclara « qu'elle n'avait en rien perdu la confiance des bons républicains », pour faire rejeter la dénonciation de Giguet. Le dénonciateur n'était autre en effet que l'imprimeur de la rue des Corderies, qui, en ouvrant son journal, y avait trouvé, disait-il, « un cachet rouge, portant pour empreinte l'écusson royal ». C'était plus qu'il n'en fallait pour conclure à l'existence d'un complot, analogue de celui qui lui avait si bien réussi quatre ans auparavant. (1)

Après ce dernier et lamentable échec, le patriote, jadis honoré par la Convention de la couronne civique, n'avait plus qu'à disparaître et se faire oublier, et c'est ce qu'il fit, car depuis lors on perd complètement sa trace, ainsi que celle de l'abominable mégère qu'il avait installée à son foyer.

Avec la disparition de Giguet, finit notre tâche d'historien et nous n'aurions plus qu'à prendre congé, s'il ne nous restait à dire en quelques mots ce que devinrent les autres personnages de cette histoire.

Bien qu'il n'eût pas été impliqué, comme complice, dans le procès, l'ineffable épicier de la place de la Fontaine n'en fut pas moins réintégré, à son retour de Paris, dans la maison de Garantot. C'était un suspect bon à surveiller.

(1) Registre du Conseil général. Séance du 16 germinal an III.

Après avoir été quelque temps ballotté entre les officiers municipaux, qui voulaient le relâcher et le Conseil général, qui s'obstinait à le renvoyer devant le Comité révolutionnaire, (1) il finit, lui aussi, par sortir de la maison d'arrêt.

Le jour où il lui fut donné de reprendre derrière son comptoir, sa place vide depuis près de cinq mois, on l'eût assurément bien étonné, en lui prédisant qu'il finirait ses jours sous la robe de satin et la simarre de velours du magistrat consulaire.

L'avocat Duprey poursuivit-il sa carrière dans le barreau ? Se réfugia-t-il, à l'exemple de tant de ses confrères, dans les rangs de la magistrature, lors de la réorganisation de celle-ci ? Où alla-t-il mourir ? Autant de questions que nous aurions voulu, mais que nous n'avons pu résoudre.

Quant à la veuve du malheureux guillotiné, elle se remaria quatre ans plus tard (6 fructidor an VI) avec un sieur Humbert, employé aux subsistances militaires, d'un an plus jeune qu'elle. Elle avait alors 28 ans. Elle mourut en 1812, à l'âge de 42 ans, étant toujours directrice de la poste.

Deux ans après, le fils qu'elle avait eu de son premier mariage, Frédéric-Auguste Leroy, *qui venait d'entrer dans sa 21e année*, se mariait à Cherbourg avec le titre (qu'il porte dans l'acte de mariage) de directeur de la poste aux lettres, qui lui avait été accordé, sans nul doute, comme une sorte de réparation de l'injuste condamnation de son père. Il était depuis longtemps en retraite, quand il mourut en 1875, rue de la Marine. Sa fille avait épousé M. Boullement d'Ingrémard, avocat.

A. DROUET.

---

(1) Lettre du Conseil général du 17 nivose an VI.

IMPRIMERIE DE LA DÉPÊCHE DE CHERBOURG

www.ingramcontent.com/pod-product-compliance
Lightning Source LLC
Chambersburg PA
CBHW071254210626
46818CB00013B/1432